MOHLODI WA DITHOTHOKISO II

Mohlodi wa dithothokiso II

Thabang Tsolo

Published by Thabang Tsolo, 2024.

While every precaution has been taken in the preparation of this book, the publisher assumes no responsibility for errors or omissions, or for damages resulting from the use of the information contained herein.

MOHLODI WA DITHOTHOKISO II

First edition. June 12, 2024.

Copyright © 2024 Thabang Tsolo.

ISBN: 979-8224650200

Written by Thabang Tsolo.

MOTSENG WA DIROKI

Bophelo bo ne bo le thata bo le boima
Bo nkimela
Ke jere ka thata ke hula boimeng
Ho se motho eo ke llelang ho yena
Ho se motho eo ke mo arolelang mojaro wa ka
Sello sa ka se sa utlwahale
Se feta ka theko ho ditsebe tsa batho,

Ka qetella ke nkile qeto ya ho nka bophelo ba ka
Ke ifenethe ka mafenetha
Empa mafenetha a ne a sa fumanehe
Ka tla ka leano la bobedi
Lona la ntshupisa hlatheng
Ho ya tjheka monatja
Ke tle ke nwe monatja ke tsohe ke shwele
Lefu la ka le botswe mabota a phaposi ya ka,

Ya re ke sa kgiseletsa ka hara hlathe
Ka bona tsela e tshetshane ya maoto
E paroletsa ka hara hlathe
Ka kena ho yona ka topa ka ba ka lelala
Ka shebisa hlooho hodimo
Mahlo ka a lahlela pejana
Ke batla ho bona moo tsela eo e fellang teng,

Mahlo hedi, ka bona mafika a mabedi pejana a entse lekgalo
Ka phahamisa maoto ke potlakile
Ke habile ho bona ka nqane ho kgalo leno
Ka fumana mafika a le metako eka mahaha a Barwa

Tlase mane motse ke o monyane
O phulaneng botaleng,

Ho utlwahala melodi ya dinonyana di tsweretsa hodima difate
Sekupu se llela hodimo
Eka sa lethuela le habile ho ntsha mokhoba,
Ka theoha ke potlakile
Ke lelekisane le modumo wa sekupu
Ka kena swahla" ka hara seotlwana se seholo
Ka fumana se tletse ka basadi
Ba apere mese ya matlalo a diphoofolo
E le metjeka ka morao,

Dihloohong ba rwetse dituku
Difaha di lobokane difubeng
Ba le maphatha-phathe
Ba kgenefetse letsopa matsohong
Ke ho bopa dipitsa le maritshwana,

Mofumahadi a dutse thokwana a namme maoto mosemeng
Le pele ke re ke phahamisa molomo
Basadi ba babedi ba tla ho nna ba potlakile
Ba ntshwara ba nkentshetsa kantle
Ba ntshupisa mesikong ya dithaba,

Ke moo ke ileng ka bona banna ba babedi ba ipatahantse ka mafika
Ka tswa ke kgiseletsa ka lebelo ho ya ho bona
Ha ke fihla, ka fumana ba betlile makgate
Maritshwana a tletse ka madi a diphoofolo
Ba le masiba matsohong ba taka matlapa le mafika,

Tjhee! O jwalo mofuta ke ne ke qala ho o bona
Batho ya ka ke dimumu, ba bua le matlapa le mafika
Puo ya bona ke ya matsoho,

Empa ba nkakgella lesiba
Mahlo ba a lahletse letlapeng
Ba re le nna ke take ke ngole se ratwang ke pelo ya ka
Empa ba potlaka ba mpha sehlooho
Ba re ke roke sebaka sa moo ke tswang teng,

Letsatsi ba ntshupisa la labohlano
E leng letsatsi le leholo
Letsatsi la monene motseng wa bona,
Hobane ke fihlile e le labone beke e itshwere mahetleng
Empa ke ne ke se filwe tjako ke so e kope
Ka kgetha ho sa ipolaye ke emele letsatsi la labohlano,

Tsatsi la kenya nko mobung e le metlatse motseng
Ho e ngwetswe letsatsi le leholo
Bashanyana le barwetsana ba sesa bosiu tshekge, ba besitse mollo
Ba bina dipina tsa thakaneng
Letsatsi le leholo la tla la fihla
Dimumu tsa tla tsa tseba ho bua,

Diroki tsa tibisa maikutlo tsa nahana ka thata
Tsa sosobanya difahleho
Mantswe a duma maphokaetsi a thothomedisa batho difuba
Hwa rokwa diphoofolo le batho
Dithaba, dinoka le dikgohlwana tsa rewa mabitso,

Medidietsane ya kgabola mesikong ya matlu le diotlwaneng

Diphala tsa lla letswere-tswere
Hwa nyoloswa hwa uwa hodimo le tlase
Ho etswa menyakwe,

Empa nna ha ka ba ka fumana sebaka sa ho roka moo ke tswang teng
Kapa ke rehe dithaba tsa haeso mabitso
Hobane toro e ile ya fela ke leka ho ntshwara ntona ka letsoho
Empa ke hopola hantle hore ke ne se ke fuwe lebitso
Ke bitswa "Mohlodi wa dithothokiso".

THUTSWANA

Thutswana ya tjhesa naha
Mollo wa nama wa aparela naha
Lelakabe ke le ka hodimo ho pitsi
Banna ba qhaneha dipitsi ka kgitla ya bosiu
Ho ya tima lelakabe le se ke la tlola letswapo,

Phokojwe tsa lla matswapong
Diphoofolo tsa naha tsa tshwarana le bothata
ba ho falla hara mpa ya bosiu,

Kganare ke e kgubedi
Mollo ke wa dihora ha o timi
O batla banna ba le lekgolo
Mollo ke o bohale wa jwang ba mohlomo,

Ba tla atamela lelakabeng
Ba tla tswa ba tlabohile dintshi
Haholo ba phutlang ka dikobo
Di tla tswa di tshwehla di tletse mosidi,

Bo-nakong ba selemo ke mariha
Jwang bo omme bo bo putswa
Mosi ke o bohale o theola dikeledi marameng,

Mollo wa kenya batho tsebe-tsebeng
Batho ba phutla ba ntse ba ingama-ngama
Ba ipotsa hore ke mang monga thutswana
Ke mang ya hoteditseng mollo oo?

AFORIKA-BORWA

O tumme hohle mmaboratwa
Dinaha tsohle di ya lla ka wena
O kgahlile ba ditjhaba ra tla ra makala
Ba re botle bo bo kana o bo nka kae,

Ha se botle nthwena ke tlholeho
O hlotswe o le jwalo
Sephiri sa hao se tsejwa ke bo-ntate Mandela
Batho ba o lwanetseng ho le hobe dithunya di kgabola
Ba tela maphelo a bona ka lebaka la hao,

Kgarebe towe o moqabanyi kgale ba o bolela
O nkile merabe ena kaofela
O nkile ba batsho isitana le ba basweu
Botle ba hao ke bo rothisang dikeledi
O apere mmala e mengata
O kgabile ka difate, dinoka le dithaba
Diphoofolo teng ha ke sa bua,

Matsohong o fupere kgauta, taemane le polatinamo
Tjhee, o tshwere moruo empa bofutsana ha bo fele
Kgarebe towe o nyalwa ke enwa o nyalwa ke yane
Empa mahadi ona ha re a bone
Lesaka la ntatao le mela jwang
Bana ba bolawa ke tlala.

NTHETHE

Nthethe phate di kolobile jwang?
Hoba mmao ha a so theohele molatswaneng
Le pula ha ya na bosiung ba maobane
Lehodimo le ne le hlakile le le lepudutswana
Le bohweng ba ntja le ne le sele,

Ngwana mme o ne a robetse bo monate boroko
O ne a bo hula ka mahanana
Thimula di kgakgatha ka hara nko
Toro a lora e monate,

A lora a bapala phulaneng e nang le jwang bo botalana ha monatjana
A na le metswalle ya hae
Ba nyolosa ba theosa ka hara phulana
Ba kola marutle ba bopa dikgomo tsa letsopa,

E ka ba taba di senyehile jwang ntjhanyana?
Ditaba di senyehile ha senya se batla ho iswa mabakeng
Ya ba o ba botswa ho suthela thokwana
A fahla mokgodutswane mahlong a thaka tsa mphato
A leletse ebile a kwetse mahlo,

Ya re ha a re phapha"
A fumana phate di le metsi tee.

NTSHWARELENG

Le ntshwareleng ke phonyohetswe
Leleme le thelletse
Ke ile ka nkeha ke maikutlo
Maikutlo a ka a phahama
Ka halefa ka hloka taolo
Ka tswa tseleng,

Pelo ya qabana le maikutlo
Ya ka ke hlubuwe ka tsenene pelong
Tsenene ya phshatla mokotla wa diphiri le makunutu,

Ya ka ke rahilwe ke pitsi sefubeng
Diphiri le makunutu tsa nyoloha ka mmetso ho ya qoqothong
Qoqotho ya boduluha jwalo ka ya noha ya marabe
Ya re ke sa leka ho kwalla diphiri le makunutu ka hare,

Bodila ba phakisa ho tlala ka lehano
Dintho tsa petetsana qoqothong
Di lwanela ho kena ka hanong
Lehano la ahlama
Leleme la qabana le meno
Ka utlwa eka ke kgitlwa ke thabe,

Athe ke moo ke hlatsang diphiri le makunutu a lona
Ke kopa le ntshwarele ke phonyohetswe.

KA NQANE

Ka nqane mose mane sehleke-hlekeng
Moo ke bonang tswelopele le bokamoso ba ka,

Hona mane
Moo ke bonang ditholwana tse molemo
Bomadimabe ke hore tsela e yang teng e dikoti e meutlwa ya hlaba
Noka ke e fetang Lekwa ka boholo
Ho hlokahala sekepe kapa sefofane
Ho tshelela ka nqane mose mane,

Moo ke bonang makgulo a matala
Ho phodile ho utlwahala melodi ya dinonyana
Ditswere le dithaha
Dinonyana tse thabelang botala ba lehlabula,

Hona mane
Moo ho dulang marena batlotlehi le matona
Leeto le yang teng ke le le lelele
Ho ba paroletsang le batla le le kotsi
Hoba ka theko ho tsela ho tletse meutlwa le ditshehlo,

Ka nqane mose mane
Sethaleng sa ba atlehileng bophelong
Boiketlong ba batho ba sebeditseng ka thata,

Hona mane
Moo ke itukisetsang ho nka leeto la ho ya teng
Empa mosebetsi o sa le moholo
Ke hloka thahasello, mamello le boikemisetso

Hore ke tle ke finyelle ka nqane mose mane.

NKADIMENG PENE LE PAMPIRI

Nkadimeng pene le pampiri ke ngoleng
Ke batla ho ngola ka se njang ka sefubeng
Ntho ya nja ya nqeta ka sefubeng,

Ka mehla le matsatsi pelo e qabana le maikutlo
Hobane ditaba di dula di ata menahanong ya ka
Ke hlolwa ke le ka hara matshwele-tshwele a batho
Menahano ya ka e dula e matha
Ke nahana ka ditaba tse ntjha le tsa kgale,

Ke ka hoo ke reng
Nkadimeng pene le pampiri ke ngoleng
Ke motho ya ditlhong ke tshaba ho bua ditaba sefahla-mahlo
Ebile ke botswa ho ntsha maikutlo a ka bathong
Hobane ha ho motswalle ya fetang pene le pampiri,

Ke na le tshepo ya hore sephiring moo ke leng mong
Ke tshwere pene le pampiri nka ntsha se njang ka sefubeng
Ditaba ka di ngola ka ho latellana
Ha ke qetile ka manamisa pampiri leboteng
Hore motho e mong le e mong a ipalle,

Ba sa tsebeng ho bala ba kope ho ballwa ke ba tsebang
Ba sa utlwisising ba botse ba utlwisisang
Hobane ditaba ke tse monate le tse bohloko
Di rothisa diqhenqhe ka monate
Ebile di bohloko bo rothisang dikeledi,

Batho nkadimeng pene le pampiri ke ngoleng

Ke ntshe lefito lena le pelong ya ka.

MORUTEHI

Ha le motsebe le ya mo utlwella
Le mo phopholetsa lefifing
Le nahana o hotse a phela ha monate,

Kgolong ya hae o hotse e se motetesuwa
Sepepellwa le bohobe
Sehlefetsaka mamina,

Ke ramakakatele wa ditaba tse bohloko
O kakatetse mekotla ya ditsietsi le mahlomola
Morwalo o ne o moimetse pele a fumana seikokotlelo
Seikokotlelo seo a ikokotlelang ka sona
O na le tshepo ya hore se tla mo phidisa
Ebile o tla fihla hohle moo a batlang ho ya teng ka sona,

O imamarelletse mokokotlong wa thuto
Jwalo ka ngwana lesea a pepilwe ke mmae
Ke ra-masubukelle monna ya subelang hempe borikgweng
Tae molaleng e mokgamme
O leletse jwalo ka kgoho e kganngwe ke poone
Molala o qabane le mahetla,

Baki ke e ntle ya motshwanela
O tshwanelwa ke ho dula le matona le batlotlehi
Hobane ke seo se tshwanelang boemo boo a leng ho bona.

SEYALEMOYA

Mamelang batho mamelang
Ke fana ka lesedi setjhabeng
Ka ra-masubukelle
Ke kena ka hara ditoropo le ditorotswana
Metseng le metsaneng
Le difonofonong tsa letheka ke ntse ke le teng,

Mamelang nna le ruwe tsebo
Hobane ke nna ya tla le behang leseding
Ka dintho tse etsahalang lefatshe ka bophara
Ha ke kgethe mohlobo kapa morabe
Ke fana ka lesedi ho bohle,

Le ho tsa boithabiso ke ntse ke le teng
Ke marang-rang a moyeng
Ke matlafala selemo le selemo
Ke fana ka thuto e sa feleng setjhabeng,

Mamelang makodulo a llang ha monate
Ke lebatsa batho mathata a bona
Ho ba qakeileng ke fana ka maele
Ho ba dillong ke fana ka matshediso
Le ho ba thabileng ke keteka le bona.

LEMATI

Nna e ka ba ke ya jwang
Ke latwa lebenkeleng
Ka sepheo le morero wa ho tshireletsa
Le ho kgabisa ntlu
Dinokwane le dihahabi di se ke tsa ikenela bolatjha,

Empa ha e le ha jwale
Ke se ke fetotswe mokotla o kwetlisang batho ba ditebele
E mong le e mong ya kgenneng o ntshetsa maikutlo ho nna
Ke kgahlelwa ke sa tswa kgahlelwa,

Ke matlere mahlakoreng
Ditshepe tse ntsheheditseng
Di lla letswiri-tswiri
Di hloka mafora ho nyanyatswa,

Ke hohoba fatshe
Ke imela bana ke qhashalletse ke hana ba kena
Ba tla kena ke ba nang le diphaka tsa ho nkakasa,

Tjhee, ya utlwileng bohloko
Ke ya nthekileng lebenkeleng
Ke ne ke kgahlile mahlo a hae
Ebile o ne a sa tsebe hore ho ntlisa lapeng la hae ho tla mpakela mathata,

Ntho ya moja ya moqeta ka sefubeng
Ha a bona ba ntse ba nkgahlabanya ba sa ntsotelle
Hobane ha ho bonolo ho tela ntho eo o e ratang,

Ka mehla le matsatsi
O rapella ka sefubeng hore matsatsi, dibeke le dikgwedi di kodumele ke
sa le teng.

LETSATSI

Letsatsi nkemele ke ya moo o yang teng
Ke hlaha botjhabela ke ya bophirima
Mafube a letsatsi la mariha ho futhumatsa
Le nkotla ka mahetleng le futhumatsa mmele,

Letsatsi nkemele leeto la ka le sa le le lelele
Ha o ka phirima ke le tseleng ke tla robala kae
Hoba ha Mmaletsatsi ho sa le sebakana
Ke tla robala teng letsatsing le latelang,

Ho ya ka matsatsi e o ke a tsamaileng
Ke letsatsi la boraro ke le tseleng
Letsatsi la mariha ho makatsa,

Bosiu bo bolelele letshahare le le kgutshwane
Matsatsi a matha lenyelenyele
Empa ke na le tshepo ya hore ka letsatsi la bohlano
Ke tla be ke fihla motseng.

MODUMO

E ka ba ke modumo wa eng o mokana!
O hwasa ditsebeng tsa ka
Ke kgutle ke thothomele ka sefubeng,

Modumo wa aparela naha
Lefatshe la reketla matlu a petsowa
Modumo wa ntsha batho matlung
Batho ba bang ba welwa ke matlu hodimo
Hwa utlwahala diboko tsa basadi le bana,

Modumo ona e ka re ke wa diqhomane
Tse neng di sebediswa ka dintwa tse mpe tsa difaqane
Modumo wa heletsa dithaba
Diqwabi tsa hlwella hodima difate
Dipitsi tsa qotsula dikepa di tsetetswe,

Modumo wa kibulla ditsebe tse kibaneng
Mosadi a potele ka mora monna
Makwala a banna a kena tlasa dibethe
Modumo wa bakela batho mofere-fere
Batho ba ferekana
Ba ya hodimo le tlase.

SELEMO

Selemo se thwasitse
Bonang maemo a lehodimo a jwang
Ho tsa bolipi hothwe le sele
Le bohweng ba ntja le ntse le sele,

Lehodimo le hlakile le ya kgahlisa
Le lepudutswana le paka kgotso
Sefofane o se bona se le hodimo mane
Maobane lehodimo le ne le rothisa dikeledi
Ho na pula ya medupi
E fahla-fahla ha monatjana,

Selemo se elella fela
Jwang bo botalana
Bashanyana ba kola marutle hodima dithota
Banana ba qala ho hlaha diolamolora,

Letsatsi ke le futhumetseng ha monatjana
Batho ba lahlile dikobo
Ba kgetha ho ikharela ka mapae
Dikobo tse bobebe,

Dikatiba ho rwetswe ditshetshe le medianyewe
Dikatiba tse tshireletsang letsatsi
Bonang, letsatsi le le lelele bosiu bo kgutsufetse
Hwa ipakahatsa hore selemo se thwasitse
Lehlabula le elella ho kena.

MADIBA HO PTJHA A MATALA

Ke ne ke le kgabane
Lefatsheng la dikgabane
Ke palama dikoloi tse majaba-jaba
Ntlu ke dula ho e mabai-bai
Ke le motho ya tsebahala hohle
Setumo ke ile ka se hapa kgale,

Empa lefufa, meharo le lekgonatha
Di ne di nkapere ka nako tsohle
Ka lebaka la meharo le ho hloka lerato
Ke ne ke batla hore dintho tsena kaofela e be tsa ka
Ke ruile dikgomo le batho
Ke hana ka metsi ke kwala didiba,

Ke batla hore batho ba nwe metsi a ka hara letsoho la ka
Ba hanang ke ne ke ba tlohella ba bolawe ke lenyora ke ba shebile
Ke repitla ba wetseng maotong a ka
Ke thesela ba emeng ka pelaka
Ke phesela nta lekokong,

Ha e le batho ba nthatang bona ke ne ke rutlullutse dipelo tsa bona
Ke diranthantse ke di kgaotse dikoto-koto
Hobane ke ne ke batla hore lentswe ho utlwahale la ka
Sebe ke se etsa ka lerato
Ke lebetse ka Modimo
Le thapelo ke lebetse ka yona
Hobane ho ne ho rapelwa nna
Ebile ke se ke lebetse hore ha hona ya nang le boholo bo fetang ba
Modimo,

Tjhee, ka nnete madiba ho ptjha a matala
Hobane kajeno lena ke tjhankaneng
Ha ke na letho
Seo ke nang le sona ke kobo e thokwa le ketane ena e maotong
Dinta tsa tjhankane di ya nja di ya nqeta,

E kae bethe ya ka ya maemo
E kae ntlu ya ka e mabai-bai?
Tsena kaofela e se eka ke ditoro tsa bosiu bo fitileng
Ka nnete madiba ho ptjha a matala.

NGWANA MME

Ngwana mme e ka ba molato ke eng
O dutse sakeng a le mong
Letsoho la leqhoja o le beile lerameng
Ngwana mme e ka ba o hopotse kae
Shwalane ya ba ya tshwara a le sakeng
Kajeno o ipatla hole le methaka,

Ngwana mme e ka ba bothata ke eng
Ha ke bua le yena o ntadima feela
Mahlo o a lahletse ka nqane ho Lekwa,

Bosiu ba sa a ngalohile
E ka ba ngwana mme o kae
Tjhee, ra tla ra tshwara bothata ba ho suwa lekoko la kgomo puleng
Hobane le fono-fono ya letheka ha a na yona,

Ngwana mme hobaneng o e tsa sehloho ka batswadi ba hao
Mme o dula a itlhopere
Le dijo ha a sa dija
O dula a nahana ka wena hore moo o leng teng o robala o jeleng
Ngwana mme e ka ba molato ke eng
O hlotse le ho jwetsa nna ngwaneno hore o ya kae,

Tjhee, hona ke semaka bathong
Motseng mona ho nyamela dikgomo e seng batho
Ngwana mme e ka ba o kae,

Re mathile re qetile sebaka
Empa ha hona moo thuso e tswang teng

Dikgwedi le matsatsi di se di ile ka ntle ho monyenyetsi,
Ngwana mme o tla kgutla neng.

NGWANA

Ke tsota bothotho ba ka
Ke tswakile letswai le tswekere
Ho utlwahala bodila feela mmetsong
Hwa ipakahatsa ke sa le monyane dilemong,

Kgwedi ke ya Lwetse selemong
Letsatsi ke le bohale le ntshang kwena bodibeng
Boholo ba batho ba hanelletse tlasa difate
Ke tswa mokgwabong le metswalle
Re tswa nyafa letsopa le le thokwa la mokgwabo,

Mamina ke a matala
Ke a hwefa ka letsoho ke a shebisa tsebeng
Ditsebe di thibane di tletse bokako
Marama a ma putswa ekare ho seuwe mmapa,

Maoto a ma kgwadi ka hodimo
Ekare ke nyafa letsopa ka ona
Ditlhabela ke tse hlenneng ka tlasa maoto
Nna le metsi ha re utlwane
Hwa mokola ke tlena ke ntse ke ya pele,

Empa ha matsatsi le dibeke di ntse di kodumela
Dilemo di palamana
Kgolo e tla ja setsi
Le nna ke tla kgona ho itjheba ka seiponeng.

MAMELA BATSWADI

Ngwaneso kgutla mekgweng
Batswadi ba ya lla ka wena
Ba bona o kgelohile tseleng
O hlahlathela hlatheng,

Ngwaneso kgutla mekgweng
Ho lebelletswe ditholwana tse molemo ho tswa ho wena
Batswadi ba hao ba tseba se molemo bophelong ba hao,

A ko kgutle mekgweng
O tlohelle ho thatika mesikong ya dithaba matswapong
Hoba o tla welwa ke mafika,

Kgutla mekgweng
O tlohelle ho hlahlathela hlatheng
O tla wela qhobong sa phiri,

Ngwaneso kgutla mekgweng
O sa le haufinyana
Pele hlaha e hola e kwahela tsela,

Kgutla mekgweng nako e sa le teng
Pele lesaka le heleya boholo
Ngwaneso kgutla mekgweng
O mamele batswadi ba hao ba sa phela
Hobane ngwana mahana a jwetswa o bonwa ka dikgapha.

MOKUTU

Ho mokutunyana ka nqena
Mokutu ona ekare o mane sakeng
Mokutu e ka ba ke wa eng hara mpa ya bosiu,

Hang, ka mora metsotswana
Mokutu ona o se o le ka hara seotlwana sa nkgono
Hona mane selaong sa dikgoho,

Ka raha dikobo ka nka koto
Ka potlakela monyako
Ka kokotolla kepa eo ke e tsetetseng ka mora lemati,

Mokutu ona o se o le ka mora ntlu
Ka tswela kantle ka thula kutu ya sefate
Ka wela fatshe ka thetehela thotobolong matlakaleng,

Mokutu ona o ntse o tswela pele
Ha esale mokutu ke mekutu
Ka ema ka pelenyana ka mathela ha mohaisane
Ka fihla ka kokotela mohaisane,

Athe kgale a utlwile mokutu
A tswa a kgamme koto ya hae
Ra tswa re kolokile ho ya sakeng
Ho ya sheba diphoofolo
Ra fumana pitsi e kgaotse thapo eo re neng re e fasitse ka yona mane kutung ya sefate.

TSHEHLANA

Tshehlana itlhatswe o ye ditjhabeng
Moo batho ba njwetsang hore ka mokgwa oo ke leng motle ka teng
Tshehlana Mosotho o ne a bolele hore tshwene ha e ipone lekopo
Motho o ba motlotlo ha ha jwetswa ke batho ba bang hore o motle,

Tshehlana ke mohope oo mohlankana e mong le e mong a
laba-labelang ho ba le ona
Ke lefufa ke lonya
Ke setshosa bananeng ba bang
Ditjaka tsena tsa bahlankana ke tsa ka kaofela,

Tshehlana ho le leng la matsatsi
Mmele wa tla wa mmakatsa e le wa ka
Ka mathela setsing sa bophelo se haufinyane
Tshehlana ke moo ke ileng ka tseba hore ke imme
Ebile ho na le lefu le ntshwereng,

Tshehlana letswalo la nkotla le nyolosa ka sefubeng
Hobane ke ne ke sa tsebe hore ntata ngwana ke mang
Tshehlana ka kgutlela hae ke ferekane ke le meokgo marameng,

Ha ke fihla ka fumana mme a nkemetse a batla dikarabo
O re kgale a mpone, empa o tshabile ho mpotsa ntate a le teng
Tshehlana ka tshaba ho tswa ka taba
Ka mathela ka phaposing ya ka ya ho robala
Ka fihla ka inotlella ka hare,

Tshehlana ka ntsha fono-fono

Ka founela mohlankana eo ke neng ke nahana hore o nthata ho feta ba
bang
Empa a itatola
Tshehlana ka founela wa bobedi
Le yena a itatola,

Tshehlana ka utlwa eka ke ditorong ke ntse ke lora
Empa lentswe la ntate la etsa hore ke elellwe hore ha ke ditorong,
Tshehlana ka qala ka bopa lefu ka tlohella bophelo
Hobane ke ne ke tshaba ho sheba ntate le mme ka mahlong.

MANNINI

Mannini botjha ba hae o bo jele jwang?
Ba re o bo jele ka kgaba e kgolo
Ke mmone a dutse mesikong ya matlu le basadi baholo
O ho tshabe ho tatela ntho tse kgolo,

Boholo ba dintho tse etswang ke thaka tsa hae
Ha a sa kgona ho di etsa
O motjha dilemo empa diketso le menahano dikgolo,

Tjhee, botjha bo makoko bana beso
Bo hloka tataiso
O tataiswe ke motho ya fitileng ho bona
Hoba boholo ba batjha ba qetwa ke thotlolo
Thotlolo ya ntahlela batjheng
Batswadi ba tshwarana le bothata ba ho hodisa bana ba barwetsana,

Mannini le yena ke e mong wa barwetsana ba hlooho di thata
Bahlankana ba mo sutumetsa
A wa a robeha lengole
Borwetsana ba hae ba ya le metsi a noka
A lla a bo shebile bo theosa le metsi a noka,

Sello sa hae ke se bakang mahlomola
O re borwetsana bo mo phonyohile matsohong
Ke ka hoo a dutsing le basadi baholo
O nka malebela a ho ba mme
Hobane kajeno lena ke mme o se a na le ngwana.

MMATJHOBOLO

Mmatjhobolo o shubile mese o habile kae?
Dieta e ka ba di kae?
Ha eka o hata ka maoto fatshe
Moo ho tletseng ditshehlo le mehlabu-hlabu,

Tuku o e swaile e baleha hlooho
O swentse dinko
Melomo o e rwetse o e behile hloohong
Letsoho la leqele le shubile mose
La leqhoja o ikotla ka lona seropeng kgafetsa-kgafetsa,

Hlooho o e tsoka sa dinonyana
O tjhiki hlooho e tletse bokako
Lentswe ke le phefa
Ditlhapa o dintsha dikolokile,

Batho ba sa mo tsebeng ba tswa matlung
Ba bang ba ema mesikong ya matlu
Banna ba makala, ba eme dithabaneng,

Motho a botse hore e ka ba ke mosadi wa mang eo?
E mong a arabe a re ke mmannyeo
Mosadi wa ntate nnyeo,

Ntwa o lwana e mahlo –mafubedu
Ntwa o lwana ya leleme
A kgutle a lwane ya matsoho,

Tjhee, ho ya bonahala hore ha habo ntwa ke lelomolo

Ntwa o e tswela sekolong.

MENO

Seotlwana sa ka se se sweu
Ke dula ke se hlokometse ka nako tsohle
Hobane baeti le metswalle ba hlola ba se shebile
Ha mmoho le dikgarebe tsa motseng mona,

Ke hana se kgenefetse dipapa le meroko
Ke dula ke se hlwekisa ka dinako tsohle
Hobane batho ba dula ba se beile leihlo,

Ka dintwa tse mpe tsa ditebele
Ke dula ke se tshireleditse
Hoba tsa bo-ntata rona moholo kgale di ile tsa wa,

Hobane di ne di hloka tlhokomelo e nepahetseng
Ho se disepa tse hlwekisang diotlwana
Diotlwana tsa bona tsa qetella di wele
Mekola hona jwale nama ba se ba e momona feela ho utlwa tatso.

KGWADIBE NTJA HESO

Ke Kgwadibe e kgwadi
E dinama mahetleng
Mahlong e dula swentse e rephisitse marama
E menahane difahleho,

Le ha pososelo e ka ba teng diphoofolo
Empa ho Kgwadibe e ke ke ya kena le kgale
E hlola ke e fa dijo di tletse sekotlolo
O tla e bona e ntse e kgenne,

Ka mehla e tshosa batho ha e ba sheba
Ha e sheba motho o a tshoha
A otlanye dirope a be a qetelle a hlanotse tlhabela
A bone eka se batla ho mo harolla sebata
A mathe a be a itahlele swahla"
Ka hara lehlaka la motswetse ya beke di pedi,

E mahlo a matala ekare sebata sa naha
Meno a di haka a mutsu ekare a leoditswe
Ntja ya se ingwaha ka leoto la morao
E lefufa e lekgonatha
E rata ho senyetsa batho semate,

Ha e tswafe ho rotela leoto la letona
Le rwetse seeta sa boleng bo phahameng
A sa re o qhoshitse a apere sutu ya maemo
E le ntle e mo tshwanela,

Wa ingama-ngama mokoto

Ha e tsamaya ya qhosha
Ya qhashalla e tlala ka tsela
Hobane e rata ho suthelwa tseleng
Batho ha ba e bona ba ipatika ka theko ho tsela,
E sepeka e diphakahadi e kgantsha botjhiki
Molebedi wa lapa leso.

TAU

Ke tau sebata sa naha
Tau morena wa diphoofolo tsa naha
Qhobong sa tau ho tletse masapo
Tau ya puruma diphoofolo tsa naha tsa phasa-phasa,

Dinyane la tau ahlama re bone
Meno a bohale ekare a leoditswe
Ha ho tau e kgwaba kapa e kotswana
Ditau ka mmala di ya tshwana,

Bashanyana ha e le mona teng le fositse
Le fahlile tau ka lerwele e buthile
Le lekile ho tshwara tau ka ditlena e rora,

Ke tau sebata se mahlo a mafubedu
Mahlo a bohale a bona lefifing la bosiu
Sebata sa ho tsohella dinyamatsana e sa le ka matjeke,

Tau ya thaba ha e Tshwane le ya dithota
Manala a bohale ekare dikepa tse tjhekang ditlhare
Hobane e dula e tjhitjhiritsa matswapo
E lelekisana le dinyamatsana
Ebile e sotse ke ho dula e siya dithebo hodima mafika.

KGOMO

Kgomo modimo o nko e metsi
O kopanya maloko ebile o kgaohanya maloko
Ha e se ka wena re ka be re le siyo
O amohela motho lelokong ebile o mo felehetsa ho ya lebitleng,

Kgomo sethabisa ditjhaba
Lefu la hao le kopanya merabe
Re kokota ka wena matlung a bo-nkgono le bo-ntate moholo ba rona
Ba re seileng ho lena le ka kwano
Ho ya kopa tshireletso le mahlohonolo,

Dikgomo tsa ha bo ngwana monna ha di haptjwe ka mahahapa
Ha le di ja le di je le siya masapo,
Ka tla ka hloka kgomo ka fellwa ke matla ka hloka mabaka,

Kgomo di kae batho re bangata
Nke se tshwaelwe kgomo ha bo mme
Malome a ka mpha koko la kgomo a sala ka nama
A kgutle a re kgomo boela haeno o hodile.

HO TLOHA TELE

Ho tloha tele ho ya metjhetjhane
Ke sasanka
Ke tshetshetha sa tshase lekweteng
Ke fokaela ka hara difefo
Sefako se nkgakgatha ke le tseleng,

Empa ke tsetsepetse jwalo ka tshwene e hlwa sefate
Kgopane e iphetotse letlalo la bobedi
Maoto a petsohile ditlhabela
A le kgwadi a le kgwarahla
Bophelo bo ntshudubanya
Bo mpheshisa ka dibono fatshe,

Ke tjhepiritsa seretseng
Ke kgwakgwaratsa lekgwara-kgwareng
Ke robala ka pelo e makukuno
Ditoro di sa nthobatse bosiu
Di ntlhobaetsa boroko
Di ntshusumetsa hore ke diphethahatse,

Ka lokela ho tshwara ka thata ka hula boimeng
Empa ke sa lebale hore mohale o tswa marweleng
Lerwele ke tla le theola ka senwamaphodi
Ha ke fihla metjhetjhane,

Ke tla fihla e le hara kgitla ya bosiu
Hoseng ka tsoha ke hlabelwa modidietsane
Ebile bo-ntate ba mphaphatha mahetla
Ba re pholo-pholo ngwana Bataung

Kajeno lena le wena o fihlile motseng wa katleho.

SEKOLO SA MATHOMO

Ke tswa mohloding wa thuto mathomong
Dilallaneng hona kwana bohlwephetsa mamina
Moo thupa e otlollwang e sa le metsi
Methapong ya kutlwisiso
Metjheng e nepahetseng,

Moo ke qadileng ho tseba ntho e mpe le e ntle
Moo bolallane bo ntshuwang ka mahahapa
Ke ha ke qala ho ikemela
Ke qala ho bontsha bokgoni ba ka,

Mme Mmatebalo mosuwetsana a neng a nthuta
Ke ha a qala ho mfuparisa pene letsohong
A mpotsa lebitso la ntate
A mpotsa le la mme
A qetella ka ho mpotsa ka a bana beso,

O re ho nna ke a ngole kaofela
Lebitso le kopane le sefane
Lebitso le leng le le leng ke le qale ka tlhaku e kgolo
Mahlo a qala ho hanella leqepheng
Hwa mokola ka tiisa ka mahlong
Ke ntse ke tlebidia ke hlwepha mamina kgafetsa,

Ka hobane hlooho e ne e le bonolo e amohela tsohle
Ka qala ka ho ngola lebitso la ntate le mme
Ya ba o ntadimme ka mosa le mohau
Ho tloha moo a opa diatla.

RA-LETSWALO

Theosa ra-letswalo"
Le re ke theose ke lebe kae?
Le re ke theose ke hlanole tlhabela
Ke tshole tlhako morong
Ntwa ke e supe ka direthe ho lwanwa,

Bo-lelele ba tla ba nkenya tsebe-tsebeng
Ha e le ba ba kgutshwane bona ba tludiswa mahlo hodimo
Mahlo a nkuwa a lahlelwa ho nna
Ke tshoswa ka mahlo ke batho ba tsebang ho mena difahleho,

Ke mo lelele ke kgona ho bona ba tlang morao mane
E be letswalo le kokota fubeng sa ka
Hobane letswalo ho nna le iphetotse motswalle,

Ha ho le hobe ho lwanwa letswalo le re ho nna
Theosa Ra-letswalo"
Ke theose ke papatlele
Ke tlala-tlale le dithota
Ke batle moo nka ipatang teng
Hore ke tle ke fumane pholoho,

Motho a be a botse hore Ra-letswalo o pholohile jwang?
Ke mo arabe ka moya o tlase
Ke re ho yena ke pholositswe ke motswalle wa sebele
Motswalle ya hlahang feela ha ke le mathateng
Mme motswalle e nwa wa ka ke letswalo.

LEBOLLO

Kajeno lena ke mokete lapeng
E ka ba monga mokete ke mang?
Ke nna ngwana moshanyana kabelwa manong,

Ya ba matlotlosiane bashanyana ba ema dithabaneng
Bo-mme le banana ba hlaha mesikong ya matlu
Ha e le bo-ntatae bona ba atamela sakeng ho ya boha,

Ba fumana e le nna mora Motaung
Mahlo a le makgubedu eka a sebata sa naha
Se bona dinyamatsana,

Tjhee, ha ka bo roba-rolokotho ba maobane boroko
Ke letse ke fubetswa jwalo ka nama e emetseng leeto
Letswalo le nkotla le nyolosa ka sefubeng
Ya ba letum-tum dikupu tsa mathuela
Letswalo ho nna le iphethotse motswalle
Letswalo ntlohelle ke kene bathong,

Ntate a kgabola ka lentswe le bohale
A re ho ya ya teng re ya ya
O qhoma se katse o ema se tshepe
Ha a kgutla bo-ntate ba mohlwa setha
Ebile ba ntse ba homa ka dihlooho,

Hwa fetoha ka mahlong ya ba bosiu
Medidietsane ya kgabola diotlwaneng tsa matlu
Mme e ka ba sebete se se kana o se nka ho kae
A didietsa sa mohla lenyalo la kgaetsedi ya hae Matsieng,

Ka fetolwa kgomo e maoto a mabedi ngwana moshanyana
Dikgomo tsa ntate tsa tla tsa sarelwa ka utlwa bohloko
Dintja tsa thabela ho kokona masapo
Dikolobe tsa kgenefela meroko
Bo-ntate moholo ditedu tsa fetoha tsa ba pudutswana
Bo-nkgono bona ba thabela dinama tse bonolo dikahare,

Tjhee, ya tla ya ntshwanela kobo ya kgomo
Ya ho nka leeto la ho ya setsing se phahameng sa thuto
Moo ho tswang morena Moshoeshoe le morena Lerothodi
Tsa tlhonamiso ha ke di tsebe empa dikgwe di mmalwa tsa thupello.

DITABA

Ditaba di thata kgotleng la banna
Taba di batla banna ka dijase
Batho ba nang le bokgoni ba ho fata
Ba tebe ba ye tlase-tlase
Ba utulle mothapo wa taba
Hore ba tle ba tsebe hore sesosa ke eng
Kapa mmoko taba ke eng,

Ditaba ha di le tjena di se di jele sitsi
Di batla lekgotla le tletse
Taba e tshohlwe ka mona le ka mane,

Ke mohlang o tla bona hore baqulutsi ba ditaba ba ba ngata motseng
Ebile ho akga batjhotjhisi le diakgente
Batho ba tshohlang taba boholo
Dikwankwetla tse tobang taba ntle le ho qea-qea
Batho ba kgallang ho tseba botebong ba taba
Hore ba tle ba fumane tharollo ya taba eo.

RE DIHLOLWA

Kgwedi le letsatsi di aparetse lefatshe
Lefatshe le lona le aparele ntate
Le tsohle tseo ho lona
Jwalo ka ha o di hlotse ho tloha tshimolohong,

Dimela diphoofolo le dinonyana
Wa qetella ka ho bopa motho
Wa mo theolela lefatsheng
Ho tla hlokomela tsohle tse ho lona
Tlasa tataiso ya hao
Le ditaelo tsa hao,

Wa bopa motho wa pele e leng Adama
Ka morao wa moetsetsa molekane
Ka mehla le matsatsi o ne a ntse a re ntaele morena
Thato ke tla etsa ya hao lefatsheng
Jwalo ka ha e etswa lehodimong,

A sa tsebe hore seo se tla mmakela diteko lefatsheng
Modimo a moleka ka diteko tse ngata
Mme a hlolwa ke teko e le nngwe
E leng teko ya ho ja tholwana tsa sefate sa tsebo ya botle le bobe,

Ke moo dintho di ile tsa fetoha tshimolohong
Motho a qala ho bona bobe ba e mong
Empa seo se etsahala ho rona batho
Hobane le hona jwale tshwene ha e so bone lekopo la e nngwe.

THAPELO

Ka thapelo ke tla pholoha dinthong tse ngata
Ha e le fela ke rapela ka nnete le tshepo
Thapelo ho nna ke lebone
E kgantsha tsela tsa ka hohle moo ke tsamayang,

Ke ngwana Lejakane ngwana Modumedi
Heso ho kwalwa ka thapelo monyako
Ha ke bale dilemo, dikgwedi kapa matsatsi a ho rapela
Hobane ke dula ke na le tshepo ya hore ka le leng la matsatsi Modimo o
tla arabela dithapelo tsa ka,

Dithapelo tsa ka di kene ho yena dikolokile
Dintho tse ntle di etsahale boholo
Ke sale ke maketse
Ke makalletse boholo ba mmopi,

Batho ba kgotse ba be ba tsote melemo ya thapelo
Motho e mong a re hoja ka rapela nako e sa le teng
E mong a qalelle ho kgumama a rapela
A kope Ramasedi qamako
A kope tse ntjha le tsa kgale,

Nna nke ke ka kgaotsa ho rapela
Thapelo ho nna ke thebe
Ke thiba ka yona mathateng oohle.

DITHOKO TSA HO TSAMAYA NAHA

Tsatsing le leng ka tla ka eta bohlaswa
Ya re ke sa fihla ntsho monyako
Ka kokota
Athe monga mosadi o fihlile bosiu
Ka seba ka moya ka tshaba ho bua
Athe ka lentswe ba se ba ntsibile,

Ka seha sa nta
Ka hlobola kobo
Ya re ke sa le thokwana le motse oo
Banna ba Qwa-Qwa ba nhlabela mokgosi,

Ke ne ke lebetse le ho dumedisa morena
Sekgukguni sa ho kgukguna fifing la bosiu
Banna ba howa ka mantswe a tiileng
Ba re Tsolo o matha jwang
Eka ha o sa hata fatshe
Ha o matha dikobo di ya fefoha,

Mohlankana, lesole moreneng
Motho ya hlolang a dibaka
Ke ngwana monna ke thabela masawana
Le hona ke ya di baka
Empa ke di baka ke di emela,

Ho tjhetjha hwa ramo ha se ho baleha
Ke tla kgutla ke tshwere Mohlodi wa dithothokiso
Nomoro e le ya boraro

Ke tla kena sa dikgomo di kena sekete
Motho ke mo theole hodima katola a e kalletse,

Ke kene ka ntja le ka katse
Dikgeleke ke di sothe maleme
Di hlolwe ke ho bua
Ha ke bua banna ba home ka dihlooho
Maleme a bona qahe mahananeng.

MOTLONYA

ke mohahlaula wa dithota ngwana Bataung
Papatlele ya lefatsheng la Matlosana
Motho ya thabelang botsitso ba lefatshe
Ha ke le bonamong ba lefatshe kea nyakalla,

Hoba dithaba ke di hlwele kgale ke sa le moshanyana
Ke hlwella di tsullung tsa dithaba
Ke iphetotse modulaqhowa,

Ke nyarela metse ya ba ditjhaba
Ke nyarela marena
Ke nyarela dithota tse ka nqane
Ka qetella ke nyaretse baloi ba tola phororong,

Mahlo a fifala hwa ba ho tsho
Ka theoha thaba ke phesha ka dibono
Ke phopholetsa ka matsoho fatshe,

Thaa" tsho
Ka tsoha ke se ke le botsitsong
Ke se na le ha e le kgwele thekeng
Ka raoha ka pele
Ka qela ho leoto,

Swahla"ka hara moru wa difate
Ka kgethula makala ka ithatela ka ona,

Tjhee! ba sehloho bo mmametjhoko
Ba batlile ba mpoma leleme ke ntse ke phela.

THOLANG LERATA

Tholang lerata ke nwanyetsa mmutla
Tholang lerata ho ithoka ntata Sebeele ka sebele
Kgabane ya mohlankana
Motho ya hlolang a ya le dithota
Ha ke tshekalla ke hata ka semate
Thota tsa haeso di namme ha monatjana,

Matlosana ha ena dithaba ha ena dikoti
Ekare patlellong ya makanyane
Ditudutswana tseo le di bonang tseo
Ke tsa mobu wa merafo
E momme kgauta empa bofutsana ha bo fele,

Morena pholosa setjhaba
O re batho ba tjheke dikoti ba ipate
Ntho e tlang ka mona ya tshabeha
Ke ledimo le hlooho e matsetlela,

Tjha"tjha"
Koko kgaotsa ho tshosa batho
Baeti ba amohelwa ka difahleho tse edileng
O se ke wa qhala letshwele la monga mokete
Hoba batho ba pelo dikgutshwane ba ka ngala dipitsa di so sutse
Kgera ba e tlola hodimo dinkgo di tletse,

Kwete ke hlaba ka mantswe empa puo ha etswe
Ke honothela leqephe
Pene ke e tshwere jwalo ka sehlabi sa makgomo se tshwere thipa ya
okapi

Maikutlo ke a tibisitse jwalo ka ngwana e motona
Hoba ha ho hapjwa dikgomo ha ho tsheisanwe.

MEHLENG YA PELE

Mehleng ya pele
Mehleng ya kgale-kgale
Mehleng ya bo-nkgono le bo-ntate moholo,

Mehleng eo
Tlala e ne e hlasela difofu le bo kobadiatlana
Batho ba sa boneng monono wa lefatshe,

Ho ne ho jowa ditholwana le meroho
Mafi a dikgomo a dula a hlasa ka hara makuka
Lebese la motsididi le nowa ho ka theola lerwele qoqothong
Disabusabu di tletse ka poone, koro le mabele
Re ja papasane le theepe
Metjodi e theoha le bobatsi hodima sehlaba,

E ne e le ha ke leka ho thetla pudi letswele
Ke e kgwaphetse ka leoto
Tshea ke e katetse diropeng,

Mehleng eo
Ho ne ho le monate e le ka nnete
Kgomo e ne e sa le modimo o nko e metsi
Monna a sa hloke kgomo a ntse a phela,

Tshemedi modimo wa lapa la ha Tsolo
Ya hodisa bana ya ba ya ba nyadisa
Ya qetella ka ho hodisa ditloholo,

Ha pane se hahella

E ne e sehlwa ke joko selemo
Hlabula re e puruputsa masokotso,

Bitla la yona le le botse ba lapa la ha Tsolo
Le metswalle ya bona
Monna-moholo Tsolo o e jele hlooho le ditlhakwana
Tjhoba la yona a le hloma mothating wa ntlu
Ke mmone a foka dintsintsi ka lona sakeng,

Tjhee, mehleng eo
Nonyana di ne di dula batho
Pula re ne re e rapella
Banana ba bapala lesokwana
Hwetla ba bina dipina tsa mokopu,

Ho le monate re ja senkgwane
Potele e kokomoha ka hara dipitsa
Mariha lenqhoshane le tjhesa metjodi maleme,

Difate, dihlahla le dithaba
Di ile tsa rehwa mabitso
Ke akarelletsa di kgohlo le dikgohlwana
Ba qetella ka ho reha diphoofolo tsa lehae mabitso le tsa naha,

Nako e ne e shejwa ka letsatsi le mirithi
Hlabula ha merithi e honyetse hothwe ke hara mpa ya motshehare
Dikgomo di kgutla ho tswa lephola
Matswele a tjhesa ebile a satalletse ke ho sisa,

Mehleng eo ho ne ho thusanwa
Ntja-pedi e sa hlolwe ke sebata

Masimo a hlaolwa ka letsema
Ho se ya kobang diatla
Banna ba jarisana mekotla
Bashanyana ba tentshana tshea,

Monna-moholo Tsolo e le selohi sa dikatiba
A dula a kakatetse jwang ba mosea
A loha ditshetshe le mekorotlo
Monna-moholo Tlhako a loha diphadi
Morwalo wa makoko a diphoofolo o dula o le mahetleng
Matsoho a hae a nkga tshotso,

Radikgang e ne e le ra-madingwana
A dula a kwenya mosi kgotla bosiu kaofela a ahlame
Lentswe eka la tau e puruma
Tjhee, mehleo eo
Ho ne ho le monate e le ka nnete.

SEFEFO

Sefefo sa moya sa hlaha leboya
Sa nyolla lerwele le lefubedu
Sa phutha matlakala
Ditjhekase tsa fokaela sepaka-pakeng,

Hwa fetoha hwa ba ho kgubedu
Sa tsubella se leba Bophirima
Difate tsa sekama eka di tla tloha di wela batho,

Potsanyane e sa itshetlehang ka mma yona
Ya fefolwa ke sefefo
Sa e tatlabanya majweng
Sa fothola difate tse methapo e mesesane
Sa rutlulla matlo,

Dikatiba tsa ngala dihloohong batho ba di rwetse
Ba bang ba baleha
Ba ipata ka mora mabota
Ba bang ba welwa ke matlu hodimo,

Sa tshekalla se shubile dipampiri
Se rwalletse dithupa
Seakga le dipene ka hare
Batho ba ema matlotlosiane
Ba rwala matsoho dihloohong,

Ba bang ba hlaba mokgosi
Ba howa ka mantswe a phefa
Ba re "Sefefo towe tloha mona o leshano o setsokotsane"

E ya haeno Matebeleng,

Sa tshaba lerata
Sa fihla sa kwahela motse
Banna ba tshoha
Basadi ba hlaba diboko,

Athe e ya hahela nyamatsane
Ho metse ya kgetha Matlosana
Ya diha dipampiri
Ditjhekase tsa theoha di harile dipene
Batho ba tshoha ba harowa matswalo
Ekare e ipatla haufi le Lekwa nyamatsane
Hore e tle e tole
E be e nyarele le dihahabi tsa metsing,

Sefefo sa kenya batho tsebe-tsebeng
Meketa ya shwa mariha a se a fetile
Sa thunthetsa metsi
A ba masootho
Batshwasi ba ditlhapi ba kgutla dikgetsi di omme,

Tjhee, sefefo sa tla sa o baka mohlolo
Difounu tsa tima batho ba ditshwere
Ba re ba leka ho founela kantoro ya tsa bolipi,

Kganyapa ya lla ya memetsa lewatle
E re maru a hlahe ka borwa a dikele leboya
Mohla tsatsi leo hwa na dipula tse mpe tsa dikgohola
Badumedi ba bina difela tse bohloko tsa Roma
Ba re bonang jwale di ya kgutsufala dilemo

Nako ya timelo ya lefatshe e se e fihlile.

HA BANA BA RANTSHO BA FETOTSWE MAKGOBA

Bophelo bo ne bo le moepa bo nyolosetsa
Re phela re tshwere dipelo ka matsoho
Motho a ipotsa hore na tsatsi la kamoso le tla tshwana le la kajeno
Boroko bo le bobebe ho imela mahlo
Re sa bo hlothe boroko bosiu
Mahlo a le makgubedu eka a dibata tsa naha,

Re panwa jwalo ka dikgomo
Re dula re le temeng
Re le metwa,re le mengwapo diphakeng
Re le mehwabadi ya diphafa ho shaptjwa,

Mofufutso o dula o kwahetse difahleho
Didiba di kopotsa ka mahafing
Re llela ka hare jwalo ka dinku
Phomolo re sa e tsebe
Hoba phomolo e ne e le lefu,

Re rapela bosiu le motshehare
Re le maqakabeng a bophelo re llela kgotso
Mmele e le matetetso
Matlalo a satalletse
Difuba di jere ka thata eka peta tsa dipitsi,

Re pshatla majwe re betla difate
Dithaba re di phunya masoba
Mmala o motsho o re kentse manyofo-nyofong
Re kgitlwa ka melomo ya dithunya

Re shaptjwa ka terata ka mahetleng,

Ho le thata ho tloha Ekgepeta ho ya Kanana
Botsho ba mmala wa rona bo re tsamaisa lefifing
Kganyeng re fetolwa ditshwene
Re tsongwa jwalo ka dinone hlatheng
Bophelo re phela ba diqwabi
Re dula re kgukguna fifing la bosiu
Mekola, re loha mano re loha maqheka
A ho tswa Ekgepeta re ye Kanana,

Ditsela di le meutlwa di hlaba
Ebile di tshwetshwetha ke madi a batho
Ha e le dithota tsona di ne di emere mahata a batho,
Empa re ntse re hlanaka ntwa
Ba boi ba tjhetjha bahale ba ya pele
Motshehare re betla tsela
Re sheba dinoka bophara
Re nyarela dikoti ho teba
Hore bosiu re tle re kgiseletse,

Re fetotswe diphokojwe fatsheng la bo-ntata rona
Aforika e le mpe e nyonyeha e kgenefetse madi a batho
Empa re sa kgaotse ho e rapella ho badimo
Hore ba e hlatswe ba be ba e hlohonolofatse
Mohlomong ha re sa bone madi a baholo ba rona
Re tla lebala dintho tse etsahetseng kgale,

Empa le ha jwale Aforika e sa na le sefifi
Hobane moya wa badimo ba rona o sa solla sebakeng
Ha o fumane kgotso
Hobane re sa e itshitlehile ka babolai ba bona

Ebile re lahlile meetlo ya rona re le Ma-Afrika.

SETJHABA SA RANTSHO{ selemong sa 2020}

Bonang" tjhaba sa Rantsho sa sotleha
Sewa sa corona se ba kentse matshwenyehong
Mesebetsi ke pharela
Bana ba lla tlala maleng,

Nthwana tsa batho
Ba tla fatelwa metsuntsunyane ke mang?
Corona e tlamme batswadi maoto le matsoho
Ka nqena e ba tshepisa ho ba fenetha
E ba jelle kgwebereng,

Batho ra kgakgathwa ke meleko e mmedi
Ha e se corona
Ke tlala
Maphako a ya uba,

Ka malapeng a ba kobo di kgutshwane
Ho nkga tlala
Dipitsa di omme
Ha ho monko o monate
Ho nkga dinyanyatsi tse thibelang corona,

Batho ba phela diotlong se ka maeba
Ka mehla ba rapela hore ba tle ba bone letsatsi le latelang
Hobane corona ke ena e kwenya batho
Letsatsi le tjhabang le le dikelang,

Tjhaba sa thari e ntsho

Rapelang ka matla
Le be le tie tumelong
Hlabang tse manaka malelele
Le hlabeleng badimo
Baholo-holo ba rona ba tle ba re tshireletse,

Corona e re furalle
Tjhaba sa Rantsho se phonyohe
Marabeng a na a lefu.

LETJHABILE LETSATSI

Kajeno lena le tjhabile letsatsi
Mongobo o tla ngobela
Dimela di tla hola di be lelele
Mahlasedi a letsatsi
A re okametse
Re utlwa monko wa mobu le dimela,

Batjhehi ba ditlhapi
Ba tla tjheha
Banana le bashanyana
Ba tla sesetsa melatswaneng,

Hobane tsatsing lena
Le hlahile letsatsi
Maru a matsho a suthile
Dipula tse mpe tsa difefo di fetile
Matsatsi a thata a bohloko a fedile,

Dikgapha mahlong a rona di omme
Maqeba a hlenneng a hwamme
Hobane la kajeno letsatsi le tjhabile
Leo e leng kgale re le lebelletse,

La tjhaba la re futhumatsa bohle
Empa le ba merithing ha jwale
Le ntse le tla ba finyella
Merithi e tla honyela
Lebata la letsatsi le ba futhumatse.

KE TLA PHOLOHA

Ka mohau wa modimo
Ke tla pholoha
Matsohong a dira ke tla tjhepoha
Jwalo ka kwekwe e tswa diatleng tsa batsumi,

Ke tla fofela hodimo
Ke phatlalatse mapheo
Jwalo ka ntsu e le moyeng
Basomi le balakaletsi
Ke ba shebele tlase
Jwalo ka barui ba le ka hara difofane,

Ka mohau wa Ramasedi
Ke tla pholoha
Ha ke bona ba nrerelang bobe
Ke tla matha sa tshepe e bona diphokojwe
Ke nyamele sa lebese le nwella moraeng,

Ka mohau wa Modimo
Ke tla pholoha
Dira tsa ka ke di lahlise mohlala
Ke thatike sa letsa le bona dintja
Ke siye letlalo hlatheng
Jwalo ka noha e sola hlabula
Ba nne ba re "o ne a le mona mora Motaung"

Ka mohau wa Ramasedi
Ke tla pholoha
Matsohong a dira tsa ka

Ke tla thella jwalo ka kgalase e tlotsitsweng ka mafura
Difubeng tsa bona ke behe majwe a dikgupiso
Dipelo tsa bona di dule di le bohloko di opa,

Ka mohau wa Modimo
Ke tla pholoha
Ke kenye balakaletsi tsebetsebeng
Ha ba mpona dipelo di be ntsho
Di nyeke
Mohlomong ba tla ithuta hore Modimo eo ke mo rapelang o moholo
Ebile ha hona ya nang le boholo bo fetang ba hae.

NKGONO

Ka hopola nkgono
Pelo ya ka ya ya mafisa
Ka utlwa ke nyorelwa thuto ya hae
Le manoni a puo
Ke sa lebale mofuthu wa lerato la hae,

Ka hopola nkgono
Moya wa ka wa balabala dithoteng tse tjheleng
Ka hopola dipale tseo a neng a re phethela tsona ka phirimana
Re ikharile ka dikobo
Re orile mollo,

Ditloholo, re potapotile leifo
Lebane le kgantshitse hanyane
Mahlo a le maphatshwa fifing la bosiu
Ditsebe di le nthwethwe re mametse ka hloko,

Ka lentswe la hae
A bopa ditshwantso
Ra bona dintho di hana ho fela
Ra bona le botle ba Seilatsatsi
Empa re so bone setshwantsho sa hae,

Ka hopola nkgono
Ka hopola mothapo wa puo
Sediba sa maele le ditshomo
Ha e ne e se ka yena
Re ka be re lahlehile
Re phaqaola le lefatshe

Re sa tsebe hore re tswa kae, re ya kae,

Empa ka hobane o re bontshitse tsela
Re ke ke ra lahleha
Le ha monongwaha ho se ho sa tshwane le ngwahola
Nku e se e apara lekoko la podi
Batho ba iphetola seo ba seng sona
Empa ya hao thuto re tla dula re e jarile ka mahetla
Re tla e ruta le ditloholwana tsa hao.

FOUNU

Ntate o tlile ka tshepe ho tswa makgoweng
Bakeng sa lerato
O ne a e tletse motjhesi wa hae
Molemong wa hore a tle a kgone ho mo tshwara ka mohala
A le ka mose ho ya fata metsuntsunyane,

Tjhee, ya tla ya ba ntle tshepe! Ntho ya makgowa
A utlwa a e ratela mohatsae
A bona le ka mmala e tsamaisana le lebala la hae
Ebile o ne a sa robale ha monate
Ha a sa tsebe hore wa hae wa ditjepa o jwang,

Monna-moholo ha a ruteha
Ha tsebe le ho tobetsa ntho eo a e rekileng
Empa a na le tshepo ya hore mohatsae o badile
Dintho tse kang tseo di ke ke tsa mohlola,

Empa tsamaong ya tsela
Tshepe ya lla bosiu le motshehare e sa kgaotse
Moleko o llisa masawana
E lla le ha monga yona a sa e penya,

Ntho ha e lla
Nyenyelepe, mohatsae o mathela kantle
Ntlwaneng ke moo a neng a qeka selallane seo sa hae hore se thole
A hweshetsa a se beile tsebeng
Se be se qetelle se mo tsikinyetsa ha monate
A tshehe a keketehe ha monate,

Tshepe ya hokahanya ditaba
Ya di hudisa tsa hola tsa ba tsa hlwa beng ba tsona hodimo
Tsa hlahella powaneng mang le mang a iponela ka a hae mahlo
Ditaba tsa ata tsa ba tsa phatlalla
Tsa tshelela ka mose moo tshepe e tswang teng,

Bohloko, tsa fihla ho motho ya rekileng tshepe
Monna-moholo a thefuleha maikutlo
Ntho e mo dutse ha bohloko ka sefubeng
Ho le thata hore a e tshwele
Ya re mohlang a e tshweleng
Ya ka o tshwela mashala le marumo,

Wa hae wa ditjepa a ngaloha
Dipelo tsa rona tsa utlwa bohloko
Ra fetolwa dikgutsana empa batswadi ba rona ba ntse ba phela,

E mong a hulela kwana
E mong le yena a hulela kwana
Ra sala re le dipakeng
Re llela mofuthu wa lerato la batswadi,

Ntho ya thefula ntate maikutlo
Ka mehla le matsatsi a atisa hore
"Ke o hloile moleko wa tshepe
O nkarohantse le mosadi wa ka ke ntse ke mo rata"

HA SE MARA HA SE HO FELA

Ke sotlwa ke ditaba-tabelo
Moya wa ka o swahlamane
Tseleng tsa ka ho beuwe mafika
Botle boo ke bo etsang
Bo phumulwa ka bobe,

Le ha nka tswa ka hara muru ke bolaile phiri
Eo e leng kgale e qeta mehlape ya barui
Ha hona ya nkopelang diatla
Kapa hona ho nthoholetsa
Hore "Thabang o mohale tloholo sa Batloung
O pholositse mehlape ya barui"

Ke bina difela tse hlokang baarabedi
E se hobane ke le letlaila ngwana e motona
Sesosa ke bokgeleke ba ka
Ba re ke kgeleke e le ha ke binetswe ke mang?

Ba bua jwalo ba tshwere mekgekgepha ya mangolo
Dipheka di ba kwahetse mahetla
Hobane ke tsona tse bulang ditsela tsa bona,
Thoriso ngwana madi a ka
Ithute o kene sekolo ke sa na le matla,

Nna bokgeleke ha ka bo tswallwa
Bo tswalletswe bana beso
Ebile ha ke bo tswele sekolong
Ke bo fumane naheng
Ke bala dithaba ke nyarela dilomo

Ke le motjodi o hlwahlwa
Ke rema difate ke hlwa maralla,

Ha ke hoeletsa
Mahaha a arabela
Dilomo di hwasa
Difate di tsukutleha
Di sekama eka di tla tloha di wela diphoofolo,

Ditaba ka di tlosa ka hanong
Ka di ala letlapeng
Ke re bana ba Basotho ba bale
Ba ithute puo
Ba be ba rute le baena ba bona ba tlang,

Kamoso ba tle ba tsebe
Hore ka matsohong a ka
Ke ne ke fupere mpho ya badimo
Ha hona motho ya ka nkamohang yona
Le ha mamati a ka kwalwa
Ke tla ilo kena ka yona lebitleng.

NGWANA E MOTONA

Lebitla la ngwana e motona
Ke melomo ya madimo
Ngwana-monna kabelwamanong
Monna ha nke a hloka kgomo a ntse a phela,

A ka tlala-tlala le lefatshe
A ntse a di tsoma
Hobane dikgomo ha di na motloha pele,

Ka matsoho a hae a tshwara ka thata
Ho ka hlokomela lelapa
Makgabunyane a se robale ka tlala,

Lekase la ngwana e motona
Ke melomo ya dibatana tsa naha
Le melomo ya marwana,

Ho kgale batho ba kgathalla tseleng
Ba ilo fatela bana metsuntsunyane
Ba kgutle ba thotse
Matjhoba a letse phoka
Leloko le lle le itshele ka meokgo.

RE MOLATO { ka pela moahlodi}

Ba mmolaile"
Re mmolaile,

E ne e le hara kgitla ya bosiu
Bana ba llisa mahanana
Nako e le ya rona dinonnori tsa bosiu
Dithethefatsi re di otletse hloohong,

Mekola re qhanollotse
Re thetsana ka bophelo
Ra qala pele re swaswa
Ntho ya hola ya ba nthohadi
Ra qetella re nkile qeto ya ho futuhela batho matlung,

Mohla tsatsi leo
E ne eka re matha sepaka-pakeng
Tepu ya kgaoha
Ra wela lapeng le sele
Ra fumana mohlolohadi a touta
Boroko bo hana ha a bo hlotha,

Ya re re sa le maphathe-phathe
Re phutha tse ka re tswelang mosola
Ba bang ba methaka ba fapoha tseleng
Ba hena-hena mohlolohadi eo wa batho
Ebile ba mo tabolela diaparo tsa ho robala,

Ntwa ya ba e mahlo-mafube
A re wa tsetsepela mohlolohadi wa batho

Empa a fellwa ke matla
Matemona a dithethefatsi a ile a mo imela
Ka mora ketso tseo tsa bona
Ra tshola tlhako morong
Ra siya setopo sa hae se rapalletse fatshe
se le maqeba
se le mengwapo molaleng.

RE BATJHA BA BEUWENG LEFIFING

Re batjha ba beuweng lefifing
Kganyeng ke moo ho emeng bana ba barui
Ba benya, ba tshwetshwetha mafura,

Ka mehla ba ipabola ka makgabane
Dinthong tse ngata
Hobane ba na le ntho e nngwe le e nngwe matsohong a bona,

Dikolo ba kena tsa maemo a phahameng
Ba rutehile
Ka malapeng a bona ba bua senyesemane
Hobane e se e le puo e ratwang ke barui,

Empa batjha ba kobo di kgutshwane
Ba tlanngwe maoto le matsoho
Ba kwetswe melomo
Hore ba shebelle ba barui ha ba hlafuna,

Tshotleho e ba fetotse makgoba a dithethefatsi
Ba bang ba hweba ka mmele ya bona ho ka fepa bana
Hobane ha hona mosebetsi,

Boholo ba bona ba hahellwa ke thuto
Thuso ha ho moo ba e fumanang teng
Mmuso o ba lahlella matsoho,

Ba phuthwa ke bo-radipolotiki ba bang

Ka nako ya dikgetho
Ba ba thetse ba tshepise dintho tse sa phethahaleng
E ne e felle kae "*Fees must fall*"
Le ha jwale ha ho nko e tswang lemina
Ba sa beuwe lefifing
Moo ba fetotsweng disebediswa
Tsa ho etsa botlokotsebe ke bo-radipolotiki.

MALAPA A BAHALE BA LWANETSENG TOKOLOHO

Pelo tsa bona di hloname di ya sisa
Di utlwile bohloko
Mahlo a dula a kgakeleditse dikeledi
Difahleho di hlomohile di baka mohau
Batho ya ka ke diphoofolo
Ba se ba hloka pososelo,

Ba ngala ditulo
Ba ikhara-khara mesemeng
Ka dikobo tsa bosiu
Ba le dituku dihloohong,

Mmaletsatsi tsatsing leo a ngala ka motsheo
A itatlabanya mosemeng kgotjhelletsaneng
Pela hae ho beuwe mokgokgoula wa nkgo e tletseng metsi
Ho thwe a nwe metsi a theole maikutlo,

Tjhoko-tjhoko metswalle ya kena e kolokile
Maqheku a pepile matsoho
A mang a ikokotlela ka mare ho ya pihing
Sefela ba bina sa dihaleluya
Ba se binela tlase se fella ka marameng
Jwalo ka batho ba tlileng tshiamong,

Jonna" tsa tla tsa lebona nthwana tsa batho
Le takatso ya dijo ha ba sa na yona
Ba phela ka ho kakaratsa metsi le tshweukoto
Mmetso e omme ke ho lla ba sa kgaotse

Ebile ba tabohile mmapa marameng
Mmapa o supang tsela e tla leisang moo ho qapuweng thothokiso ena teng
teng
Empa kajeno lena hothwe thothokiso ena
E qapetswe ho tla bolaya batho
Kapa ho tla kenya lehloyo dipakeng tsa batho,

Ha e le ba bang bona ba re e tlo thonkga maqeba a fodileng
Empa thothokiso ena e qapetswe ho tla senola bobe
Boo kgale bo etswa ke mapolesa a mmuso wa kgethollo ya morabe
Mohlang ho ne ho le hobe dithunya di kgabola
Dikulo di ja batho di ba qeta,

Bonang! Mmapa wa tswedikana
Wa supa moo diketsahalo tse mpe di etsahetseng teng
Makati-kati a etsahetseng dilemo tse mashome a mane tse fetileng
Ha Sharpeville e fetotswe selakgapane
Moo ho selakgelwang batho teng
Bana ba rantsho ba fetotswe dinku
Ho etswa sehlabelo ka bona,

Madi hwa tsholoha a senang molato
A batho ba neng ba lwanela ditokelo tsa bona
Ditopo tsa ngatafala ho phatlalla le naha
Batho ba bolawa jwalo ka seboko masimong a dihwai,

Lefatshe la silafala la ba la tshwetshwetha ke madi a batho
La ba la apara tshiamo
Seboko sa kgitlwa ke banna le basadi
Sello ya ba sa mahlomola pelo
Empa ho ba neng ba hloka leloko moo
Ho ne ho le ka kwano,

Ho beng ba bafu e ne eka ke bokgutlo ba lefatshe
Lefatshe le ya timelong
Lelakabe la mollo wa dihele le paitsa kgautshwane
Le phutlwa ka dikobo le dijesi
Bana ba sekolo ba tswile letsholo
Ho ya thusa bo mma bona le bo-ntata bona ho tima lelakabe,

Bonang, selemo se sa fanyeuwe leboteng la Hector Pieterson Museum
Ka hare ho utlwahala diboko tsa bana ba sekolo
Ke bua ka selemo sa 1976
Ha Aforika-Borwa e buswa ke kgosi Faro
A busa ka lonya le leeme
A sa tswafe ho kgama ngwana lesea a tla ho yena a kgasa
Hona jwale o siile batho dipelo di ranthane.

Matshidiso re a lebisa ho batswadi ba bahale ba rona ba re seileng
Ba lwanetseng tokoloho.

NTWA YA BANA BA THARI

Re phela lefatsheng lena le buswang ke marena, matona le
Moporesidente
Empa marena ha a sa mamelwa
A nyemotswa ka mahlo feela
Hobane polotiki e ba hlwele hodimo,

Bulang mahlo le bone
Lefatshe la bo ntata-moholwa rona le sa tshwehla
Polotiki e le sentse le ya nyonyeha
Batho ba se ba kwenyana sa diphoofolo tsa naha,

Diroki ho kgale re lwana ntwa ya leleme
Ra hoeletsa mantswe a ba a tjha
Empa batho ba bang bona ba lwana ntwa ya matsoho
Ba kakatletse dibetsa
Ba re bona ha ba batle tharollo ba tlile ntweng
Mmuso ba tla o hapa ka mahahapa,

Bonang" dipolayano tse Natala
Tse bakuweng ke polotiki
Ditulo di tsekwa ka dithunya
Hoba e se e le moetlo wa bo ra-dipolotiki
Ba rinya monna le mosadi ha ba tsotelle,

Hona jwale bana ba Rantsho ba fedile
Ba qetuwe ke polotiki
Ha e sa le e qala kgale-kgale
Ka dilemo tsa kgethollo ya mmala

THABANG TSOLO

Le ha jwale e sa butse mmetso
Batho e ba kwenya bokwiditana.

HAESO-MOHOLO

Ke hopotse haeso-moholo
Ka hopola botala ba naha
Le botle ba sebaka
Dithabeng tse entseng mekoloko,

Ke sa lebale melapo le melatswana
Dithaba ke tse ntle tse apereng seboku
Dikgabile ka difate le makgalo,

Ka hopola haeso-moholo
Pelo ya ya mafisa
Hoba ke batla ke hlolohelletswe sebaka
Ho se ho le dilemo ke sa palame pitsi,

Ha esale ke qetela ho ba etela
Kgale ke sa le moshanyana
Dilemo tse hlano tsa mpetsola ditlhabela
Ke ntse ke qauwa puo
Ke lauwa ka thata jwalo ka ngwana e motona,

Selemo re ne re kenya mohoma temeng
Dipholo re pana tse melala
Bashanyana ba thapisa marole ka hodima dithota
Banana ba matha ka malekana ka hara masimo
Ba kga papasane le seruwe
Qhela ba e inamela diphulaneng,

Hlabula ha le fihla re ya hlaola
O tla utlwa ho lla thaha selemo

Hlabula ho lla ptjweptjwete ka hara masimo
Tshitwe e lla ka mora matlo,

Pula hona ya ditlwebelele le ya medupi
Naha e apere botala
Dihwai di thabela mongobo wa lefatshe
Ka hara pelo tsa bona
Ba ntse ba re "lemong sena e tla ba kgora"
Re tla tlatsa mekotla le disiu,
Hwetla e fihle re se re qetile monokotshwai
Basadi baholo ba thabele ho thella hwa lepu
Re je senkgwane re je poone ya lehwetla,

Difate di iname
Di ingwetswe ke diperekisi
Ntshwe e seha bana menwana
Mariha re emisa disiu re kotula mabele le poone
Ho lla pudi
Ho lla pitsi
Esele e matha ka hara masimo,

Banana ba rwala mekopu dihloohong
Mosebetsi wa bona o moholo
E le ho kgothola poone
Ba pheha ka diqo le mahlaka
Kgapane ba e jarela mekotla ka hodima dithota
Bashanyana ba qalella ho etsa letsete dikgohlwaneng
Ba kalla ka mahlaka ka hara masimo
Ho lwanelwa mohwang
Jwang ba tlokwa bo le bo putswa ka hodima motse,

Banna ba ne ba pola mabele bosiu

Bosiu bo sa ba besitse mmoko
Ba ithatetse melala ka dikatana
Melomo ba e kentse matanteng
Pina e tswa masobeng a letanta,

Bo-nkgono ba phethela ditloholo le ditloholwana ditshomo
Ebile ba ba ruta ho manolla dilotho
Re ballwa buka ya Mopheme
Re ballwa Arola naheng ya maburu
Dithokong tsa marena ka inela hlooho,

E le ha ke leka ho nwa
Sesotho ke se mamaraditse
Sa kena sa ba sa fihla masapong
Ha e le mading kgale se ile sa kena
Dilemong tse mashome a mabedi tse fetileng,

Ka hopola haeso-moholo
Ka hopola botjhabela moo letsatsi le hlahang teng
Mehloding ya dinoka tse kgolo
Matswapong a nang le difate tsa ditjhetjhe
Haeso-moholo koloi e ne e sa kene
Le sefofane se ne se sa dule,

Empa ke utlwile hothwe monongwaha
Ha ho sa tshwana le ngwahola
Morena o se a na le pitsi ya tshepe
Ha a e palame wa qhosha
O kokomoha jwalo ka hlama ya bohobe,

Batho nkadimeng ponto ke palameng

Ke hopotse botjhabela
Mahlaseding a letsatsi
Dithakong tsa Batloung,

Mohlang ke yang
Ha ke na bo hlotha boroko bosiu
Ke tla lala ke rapella tsela
Ebile ke roka bolelele ba yona
Le bophara ba yona,

Ke roke metse le metsana eo ke e fetang
Ke qetelle ka ho roka ditoropo le ditorotswana
Hoba haeso-moholo ho batla ho le sebakana
Ha ke ya teng ke tloha ha dikgomo di bulelwa
Senonnori, ke kene ka phirimana shwalane ha e tshwara.

NKGEKGE

O habile kae ramatsetlela?
Ha eka o tshwere kepa letsohong
Molaleng difaha di lobokane
Ngwana hlooho ya badimo
Bosiung bo fetileng ha a bohlotha boroko,

Tjhee, moya o masotle baneng ba batho
O lorile a bontshwa ditlhare tsa ho phekola lepera
O tshetshetha sa tshase lekweteng
Mokotla o lehetleng
O tsamaya a ntse a komotela hlathe
Ebile a e kgitla ka kepa
A hlabile ka lengole fatshe,

A nyolla methapo
A ba a kgaola le metso ya yona
O tlo utlwe ha a kgutla serwalankgwana
Bo-mmamafielo ba ema matlotlosiane
Ba bang ba hlwedisa ka menyako ya diotlwana
Ha e le ba bang bona kgale ba ile ba monyarela ka maphao a mafika
A sa le hlatheng,

Mmannyeo o la hla a tjho!
Hore ra-kepa o sa tlo ba fa mosebetsi
Ha e le kgweding ena ba ke ke ba ja mohoha,

Nkokonono ya feta e momme hebebe
Kgetsi e mo imetse.

TSWALO YA THABANG TSOLO

Ntate moholo setswala mme
O itse dikgatala ke di je dihlooho
Diphaka ke di abele leloko le metswalle
Hoba ha ke le teng mohoma o tla dula o le temeng,

E le ha mphethela ka tsa tswalo ya Thabang Tsolo
Pula ho ne ho na ya medupe
Naha e le talana ha monatjana
Dihwai di thabile
Di thabetse monono wa lehlaka,

Maqheku o na a ne a thabetse ho thella hwa moroho wa lepu
Hlakola e itshwere thekeng
Letsatsi le latelang
E le letsatsi lena le seng re re ke la baratani,

Hara mpa ya bosiu ya oroha thaka ntona
Bosiu ba sa pitsi di qhaneuwe
Hoba haeso-moholo ho sebakana,

Dipitsi tsa kgutla motse o tletse ditlatse
Banana ba bina dipina tsa mokopu
Bahlankana ba kgutla ho tswa lephola
Ntlu e se e hlonngwe lehlaka,

E re ba sa leka ho botsa monna-moholo Tsolo dipotso
A ba arabe a re ho bona
Thabang le nyakalleng matjhaba
Kgetlong lena Mmasentle o re tswalletse mohlabani,

Sebata se sa qatjhame
Mokgorwaneng o lehlaka hodimo
Mohlang se nyolohang moferong
Batho ba tla haroha matswalo,

E re ba sa tsheha monna-moholo boswaswi
Modidietsane wa kgabola dipakeng tsa matlu
O hlajwa ke nkgono setswala mme,
Basadi ba tswa ka hara matlu
Banna ba ema dithabaneng
Ba bang ba atamela ho ya boha
Ba fumana qhekwana la batho tuku ebile e swaile hloohong ke ho thaba,

Mohla lemo seo tjhai ya aparela naha
Batho ba emisa disiu
Makuka ba a haka hodima difate
Selemo ya ba sa mahlohonolo ho bohle.

BONGODI

Bongodi bona bo mphumane tseleng
Ke le mopapaedi ke ya le dithota
Ngwana e motona ke leka ho fata metsuntsunyane,

Tsela ke tsamaya yane ya pele-pele
Ya bo-ntate le bo-ntate moholo
Hobane ke ne ke sa tshwara letho matsohong
Ho se lephephetjhana la thuto e phahameng
Ho se setlankana sa ho qhoba pitsi ya tshepe
Matsohong ho nna ke itshwaretse bukana ya boitsebiso,

Mmela wa puta
Matsatsi a swenya
Ho se letsatsi le monate
Ngwana monna ke leka ho lwantsha bofutsana,

Dibaka ke di matha
Dinoka ka di tshela
Ka ba ka fihla le ha Faro,

Bongodi ba mphihlela ke le tseleng
Ba nkena se ka lethuela le kena lefehlong
Ke bone bo nkinola jwalo ka ngwana a yang le maqhubu a lewatle
Ke le mefophodi
Ke le mehwabadi ya thupa ya lefatshe,

Lapeng heso ka hlola mohlolo
Hobane ha hona bangodi kapa mongodi.

NGAKA-MATSETLELA

Ke ngaka-matsetlela setloholo sa Batloung
Ke meritlhwana ya puo
Ngwana Mosotho
Sekupu ke tidinya sa Basotho
Kapa sona Sesotho,

Ngwana naka la badimo
Moya wa ntshwara ke le tseleng
Hole, kgateane
Wa ntshusumelletsa hore ke kene lefehlong,

Hothwe ke nke kepa ke tjheke
Ke utulle mothapo wa puo
Ka ona ke tle ke phekole batho
Ebile ke pheko e hantle baneng
Le ho batho ba furalletsweng ke puo,

Nkgekge, ke kene lefehlong
Ke se ke fetile mahareng a bohale
Ka phatswa
Ka ba ka sesetswa ka puo
Ka fetoha motjodi o hlwahlwa
Ka robala hlatheng,

Bosiu ke sa bo hlothe boroko
Ke lora mafatshe a hole
Ka tshela ka moya setopo se setse
Ka lora dipale
Ka ba ka lora le tseo nkgono a neng a mphethela tsona,

Naka la puo la mpetsola ditlhabela
Ke se ke kgutla kwana Kapa mawatleng
Ke tswa ntsha mokhoba
Ditaba tsa tsamaya ka marang-rang
Tsa ba tsa fihla Gauteng maboneng
Batho ba howa ka mantswe a phefa
Ya ba ma hoo" hoo"
O mong mohlolo ke ona! Ngaka-matsetlela e sesetsa batho ka puo.

Don't miss out!

Visit the website below and you can sign up to receive emails whenever Thabang Tsolo publishes a new book. There's no charge and no obligation.

https://books2read.com/r/B-A-SUIU-CAMKD

BOOKS 2 READ

Connecting independent readers to independent writers.

Also by Thabang Tsolo

Tshenolo
Ngwana mahana a jwetswa
Lehaheng la Kgopung
Mohlodi wa dithothokiso
Bophelo ba Disebo
Nkgono Mmateboho
Mohlodi wa dithothokiso II

About the Author

Thabang Tsolo ke letswallwa la Jouberton North West, ke mongodi ya ngolang mefuta e mengata ya dingolwa. Ke bua tjena e le hobane a se a ngotse dibuka tse nne tse fapafapaneng ho latela mefuta ya dingolwa. Ke dithothokiso, pale-kgutshwe, terama le padi.